AF358392

15 mars 1892. V

Vente après décès de Mme L***

Le Mardi 15 Mars 1892, à deux heures précises

HOTEL DROUOT — SALLE N° 2

OBJETS D'ART

TERRE CUITE DE CLODION

PORCELAINES ET FAIENCES ANCIENNES

BRONZES ET MEUBLES LOUIS XVI

BOIS SCULPTÉS, TABLEAUX

EXPOSITION PUBLIQUE

Le Lundi 14 Mars 1892, de 1 heure 1/2 à 5 heures 1/2

Commissaire-Priseur	*Expert*
Me Léon BANCELIN	M. B. LASQUIN
Rue de la Grange-Batelière, 18	Rue Laffitte, 12

PARIS — 1892

IMPRIMERIE MAULDE et RENOU

A. MAULDE & Cie

INPRIMEURS DE LA COMPAGNIE DES COMMISSAIRES-PRISEURS

Rue de Rivoli, 144

CATALOGUE

DES

OBJETS D'ART

ET D'AMEUBLEMENT

TERRE CUITE DE CLODION

Porcelaines de Saxe, Faïences de Rouen. Nevers, Moustiers, Marseille

BRONZES D'AMEUBLEMENT

Pendule en biscuit, Pendule Lyre
Candélabres et Flambeaux de l'époque Louis XVI
Baromètre Louis XV

DEUX JOLIES CONSOLES LOUIS XV EN BOIS DORÉ

MEUBLES ANCIENS EN MARQUETERIE

Table à ouvrage, Guéridon, Commode et Fauteuils Louis XVI

QUELQUES TABLEAUX, DONT DEUX PAR E. VAN MARCK

Dépendant de la Succession de Mme L***

ET DONT LA VENTE AURA LIEU

HOTEL DROUOT — SALLE N° 2

Le Mardi 15 Mars 1892

A DEUX HEURES PRÉCISES

Par le ministère de **Me Léon BANCELIN**, Commissaire-Priseur,
Rue de la Grange-Batelière, **18**

Assisté de **M. B. LASQUIN**, Expert, rue Laffitte, **12**

CHEZ LESQUELS SE TROUVE LE PRÉSENT CATALOGUE

EXPOSITION PUBLIQUE

Le Lundi 14 Mars 1892, de 1 heure 1/2 à 5 heures 1/2

PARIS — 1892

CONDITIONS DE LA VENTE

—

Elle se fera au comptant.

Les Acquéreurs paieront CINQ POUR CENT en sus du prix d'adjudication, applicables aux frais de vente.

A. MAULDE et Cie, imprimeurs de la Compagnie des Commissaires-Priseurs, rue de Rivoli, 144.   5oo—21g8o

DÉSIGNATION

TERRES CUITES

1 — Groupe en terre cuite de CLODION : Faune soutenant une Bacchante. Signé sur un tronc d'arbre.

2 — Bas-Relief en terre cuite, signé J. REGNIER : Faunesse et petit Faune entourés de pampres.

PORCELAINES ANCIENNES

3 — Important Groupe de trois figures en ancienne porcelaine de Frankenthal : la Toilette de Vénus.

4 — Groupe en ancienne porcelaine de Saxe, de belle qualité : Allégorie du Printemps figurée par deux amours.

5 — Cabaret en ancienne porcelaine de Chine, à décor en relief émaillé rose. Il est composé d'une Théière, un Bol, deux Tasses avec Soucoupes, et un Plateau.

6 — Assiette en vieux Chine sur pied en bronze doré.

7 — Deux grands Vases, forme balustre, en porcelaine flambée violet de Chine avec montures en bronze.

7 *bis* — Petit Vase en porcelaine de Sèvres, décoré par E. VAN MARCK.

FAÏENCES ANCIENNES

8 — Sucrière à saupoudrer, en forme de vase à piédouche, en ancienne faïence de Rouen, décor de style chinois à pagode et paysage en couleurs.

9 — Sucrière à saupoudrer, de même forme, décor bleu à figures, vases de fleurs et mascarons.

10 — Vase droit à pans en ancienne faïence de Rouen, décor polychrome à lambrequins et festons de fleurs.

11 — Bannette de forme octogonale, à deux anses torsades, en ancienne faïence de Rouen, décor polychrome à corbeille de fleurs au centre, festons et lambrequins au marli.

12 — Compotier rond en ancienne faïence de Rouen, décor polychrome, offrant au centre une pagode et sur le marli une bande quadrillée vert, avec réserves à crevettes.

13 — Grand Plat rond en ancienne faïence de Rouen, décor polychrome, à la double corne d'abondance.

14 — Plat ovale de même faïence et de décor analogue à celui du précédent.

15 — Saladier en ancienne faïence de Rouen, décor polychrome à écusson, armorié au centre et fleurs au marli.

16 — Bannette oblongue à contours et à deux anses torsades en vieux Rouen, décor bleu à lambrequins et médaillon ovale.

17 — Petit Saladier en vieux Rouen, décor polychrome à bande quadillée au bord et fleurs.

18 — Petit Plateau octogonal en vieux Rouen, décor polychrome à pagode et bordure quadrillée.

19 — Petit Plateau à bord festonné en vieux Rouen, décor polychrome à rose et tulipe.

20 — Petit Plat rond à bord contourné décor polychrome à fleurs, oiseaux et chimère.

21 — Compotier en vieux Rouen, décor polychrome à bouquets de fleurs.

22 — Deux Plateaux ronds à bord festonné en ancienne faïence de Nevers, décor bleu à oiseaux, fleurs et ustensiles de style chinois.

23 — Grand Plat en faïence de Nevers, à décor bleu, offrant un vase au centre et des fleurs sur la bordure avec compartiments réservés.

24 — Deux Assiettes en faïence de Nevers à décor bleu, à figures avec écussons armoriés.

25 — Assiette en ancienne faïence de Moustiers, à décor polychrome très fin, offrant au centre la figure de Diane dans un paysage, et de nombreux festons de fleurs sur la bordure.

26 — Plat rond en ancienne faïence de Moustiers, décor polychrome à écusson armorié au centre, et feston de fleurs au marli.

27 — Petit Plateau à contours en ancienne faïence de Moustiers à décor bleu, d'après BÉRAIN.

28 — Plat oval en couleurs en ancienne faïence de Moustiers, décor polychrome à grotesques.

29 — Plat oval en ancienne faïence de Moustiers, décor polychrome à trophées de drapeaux et festons de fleurs.

30 — Grand Plat long à contours, en ancienne faïence de Moustiers, décor polychrome à sujet de trois figures et fleurs.

31 — Plat oblong à angles coupés en faïence de Moustiers, décor bleu, d'après BÉRAIN.

32 — Plat rond en ancienne faïence de Marseille, décoré en couleurs d'un groupe de poissons et de fleurs.

33 — Deux Plateaux carrés en ancienne faïence de Marseille, décorés de tulipes et de roses en couleur.

34 — Assiette à bord festonné en ancienne faïence de Marseille, décorée d'une tulipe au centre, et de fleurettes sur le bord.

35 — Petit Plat oval en faïence de Marseille, décoré de fleurs et de hachures sur le bord.

36 — Vase à piédouche et à deux anses, eu faïence de Marseille, décoré de paysages avec figures de pêcheurs.

37 — Potiche en faïence de Delft, à décor ble .

38 — Plat rond en faïence ancienne à bord godronné et décor de figures.

39 — Petite Jardinière carrée et Saucière en faïence de Strasbourg.

40 — Deux Cache-Pot et deux Plateaux en faïence de Moustiers, décor polychrome.

BRONZES D'AMEUBLEMENT

41 — Pendule Louis XVI, forme lyre, en marbre blanc et bronze ciselé et doré, surmontée d'un soleil et d'une guirlande de fleurs. La base, de plan ovale, est décorée de feuillages.

42 — Deux jolis petits Candélabres Louis XVI, formés chacun d'une figurine d'amour en bronze patiné, debout sur un fût en marbre blanc et supportant une tige de pavots, à deux lumières en bronze doré.

43 — Baromètre du temps de Louis XV, en bois noir contourné par des ornements rocaille agrémentés de feuillages en bronze ciselé et doré.

44 — Deux petits Flambeaux Louis XVI, fûts cannelés avec bases carrées et culots à feuillages en bronze ciselé et doré.

45 — Jolie Pendule Louis XVI, formée d'un groupe en biscuit de Sèvres représentant l'Innocence et l'Amour ; ornée de bronze doré et reposant sur un

socle en marbre noir. Le cadran porte le nom de *Lechopié, à Paris*.

45 — Deux petits Flambeaux Louis XVI, formés chacun figure d'enfant, en bronze patiné, debout sur socle en bronze doré, à tores de laurier et supportant un binet à feuillages.

47 — Deux petits Vases bursaires en porcelaine de Chine émaillée rose, à fleurs, avec montures en bronze.

48 — Deux Chenets Louis XVI, en cuivre.

49 — Statuette en bronze : Jeune Fille à la Colombe.

BOIS SCULPTÉS

50 — Deux très jolies petites Consoles d'applique du temps de Louis XV, en bois finement sculpté et doré. composés de gracieux ornements rocaille, fleurs, feuillages et coquilles. *Pièces remarquables* tant par leur exécution que par leur conservation.

51-52 — Deux Consoles Louis XVI, en bois sculpté et peint en blanc à guirlandes de fleurs. Dessus de marbre.

53 — Glace à bordure Louis XV, en bois sculpté et doré, à palmiers enguirlandés de fleurs dont les cimes se rejoignent dans un fronton ajouré.

54 — Petite Console d'applique en bois sculpté et doré, à mascarons et ornements. Époque Louis XIV.

55 — Petite Glace Louis XVI, à cadre en bois sculpté, à guirlandes,

MEUBLES ANCIENS

56 — Jolie Table à ouvrage, de l'époque Louis XVI, de forme ovale, à pieds contournés ornés de bronze et à tablette d'entre-jambes, en bois de rose marqueté, à vases de fleurs, cartes à jouer et ustensiles, la ceinture ornée d'enroulements.

57 — Petit Guéridon Louis XVI, à deux tablettes en bois d'érable marqueté, à quadrillages, entourées de galeries de cuivre et reposant sur un trépied orné de bronzes.

58 — Table-Toilette Louis XVI, en bois de rose, marqueterie à bouquets de fleurs.

59 — Bibliothèque Louis XVI, en bois de rose, marquetée à filets, damier et rosaces et garnie de bronzes.

60 — Commode Louis XVI, en bois de rose et bois de violette, marquetée, à trophées d'ustensiles, vases de fleurs et ornements, garnie de bronzes.

61 — Table Louis XIII, en bois de noyer.

62 — Table à jouer Louis XVI, en acajou, à moulures de cuivre.

63 — Table de nuit ovale, en acajou. Époque Louis XVI.

64 — Couchette Louis XVI, en bois peint en blanc.

65 — Petite Étagère applique en bois de rose, ornée de bronzes.

66 — Six Fauteuils Louis XVI, en bois sculpté, à feuillages et garnis de tapisserie au point, à médaillons de fleurs, festons de lauriers sur fond jaune.

67 — Chaise Louis XVI, à dossier lyre.

TABLEAUX

68 — **Van Marck**. La Rentrée du troupeau.

69 — **Van Marck**. Cheval, Vache et Taureau dans un champ.

70 — **Boulard**. La Cuisinière.

71 — **Bouquet** (Michel). Paysage avec bestiaux.

72 — **Lecomte du Mouy**. Deux Études à têtes d'Hommes, pour la Chapelle de la Trinité.

73 — Dessins, Gravures et Photographies.

IMPRIMERIE A. MAULDE ET Cⁱᵉ

Rue de Rivoli, 144